Torsten Martin

Gedichte

Der Autor

Torsten Martin, Jahrgang 1954, Sohn eines Handlungsreisenden und einer Musikertochter studierte nach der Banklehre Betriebswirtschaft, danach war er zwei Jahre in einer Wirtschaftsprüfungsgesellschaft tätig. Während dieser Zeit begann er sich für die Ideen der Ökologiebewegung zu interessieren und knüpfte erste Kontakte. Der Wunsch nach einer sinnvollen Beschäftigung festigte sich. 1985 traf er auf die Initiatoren zur Gründung einer ökologischen Bank in Frankfurt am Main, deren Gründungsvorstand und Pressesprecher er wurde. Von 1985 bis 1990 prägte er das Bild einer ökologischen Bank in der Öffentlichkeit. Im Jahre 2001 entschied er sich für einen beruflichen Ortswechsel nach Italien. Nach seiner Rückkehr 2008 engagierte er sich im Gemeinwesen, gründete 2009 den Verein mi-cado e.V. und arbeitet seit 2011 wieder beruflich in der Welt der Zahlen. Seit seiner Jugend begleitet ihn die Liebe zum Schreiben, die hier nun ihren Ausdruck findet.

Torsten Martin

nur kurz schiebt sich ein augenblick vor unbeantwortbare fragen

Gedichte

Impressum

1.Auflage Mai 2014

Druck und Verlag: epubli GmbH, Berlin
www.epubli.de
ISBN 978-3-8442-8049-4
Umschlaggestaltung: Öl auf Leinwand, 2006
Kontakt: Torsten.Martin@web.de

inhalt

erwachen

unsichtbar fällt
schmelzender schnee
aus bäumen
wie wimpern
verschlafen
aus den träumen
erwachen
klingt
in diesen tropfen
die in des frühlings
sich schmückenden raum
an erinnerungen sachte
klopfen
hinter denen sich
glück
verborgen hält
das unvergänglich
plötzlich
wie ein tropfen
wieder
durch die sinne fällt

tage danach

tränen verdunsten wie erstickte rufe
auf wangen in der ersten morgenröte
straßenkehrer fegen die nacht weg
heimkehrer ihre wünsche

zeit im niemandsland
schritte fallen in sich zusammen
gehen wie an fremden beinen
mit müden brennenden augen an der hand

matte gedanken sinken in ungemachte betten
ein schlaf wie blei deckt alles zu
schwere gewichte sterben in die träume
drücken schlechten atem in die kissen

morgenzeitung, realitätsausschnitt
auch der träger trägt ein schicksal
eine regenjacke und tatoo
tagsüber schreibt er

haustüren und abschiedsküsse
fallen ins schloß, frühstücksbrote und eile
die andere welt geht, ob mit oder ohne
überall freie parkplätze

die heimkehrer erwachen
mit einem mund morast
so schmecken die wünsche
draußen im rinnstein

schwarz tröpfelt die kaffeemaschine
wiederbelebung
in den schlauchartigen geist
mit der tiefe der schlagzeilen

ein hemd frisch gebügelt nach der dusche
distanz zu dem vergangenen
resonanz die noch dumpf hinterhergreift
frische luft aktiviert die synapsen

die tage wollen begangen sein
auch wenn sie tage danach sind

vergessene tage

du hast sie gewollt
die vergessenen tage
an den haaren durch die strasse gezogen
vor irgendwelche türen geworfen
achtlos
wie münzen in klingelbeutel
du hattest den frieden gesehen
kurz
an der ecke stand er
atmete laut seinen segen aus
du rochst seinen atem
und glaubtest
es sei deiner

dann hast du dein sehnen
über die bank geworfen
und verwelkte geranienblätter
auf fensterbänke gelegt

wirf deine schatten

wirf deine schatten über die mauer
laß augen tanzen in der beleuchteten allee
stell deine sammelbüchsen aus
und weine tränen in die verblechung

so werden sie dich finden
unter den stapeln alter tageszeitungen
schwärze in griestöpfe gerührt
fingerabdrücke der passanten

lichtströme dicker als blut
gänsehäute gerade erst gegerbt
bemalte augen in schreienden tiefen
notrufsäulen im nerz umarmt

ausgespucktes leben in den rinnstein
luft aus dem fön gezogen
ins licht getreten aus dem geburtskanal
knochengerüste auf ruckenden rolltreppen

es küssen sich die nackten
mit dicken händen in den taschen
vorübergehende winde
nehmen die zeit wieder fort

glocken

glocken schlagen in die zeit
reißen löcher in die gedanken
immer wieder dieser moment:
gedenke der liebe
gedenke des todes

reisen stehen am anfang
gepackte stunden fahrbereit
ein letzter abschied von der kanzel
und dann die boote zu wasser lassen

auf den landkarten fehlen stromschnellen
am ufer singen sie lobesworte
geworfene augen klatschen an die böschung
niemand sieht das kentern

ins boot zurückgezogenes leben
atemzüge aus den wolken gestreichelt
hilfe aus muskeln geholt
und gut ans karusellpferd geklammert

wieder dieser schlag
und die ausufernde litanei
das leben hat seine strophen
seine verschlüsselte ordnung

ein schlag an die bordwand, ein splittern
ein verklemmen zwischen den steinen
das schicksal lässt einem nie im stich

türen
führen nirgendwo hin
treppen schleppen irrende seelen
ins nichts
für die resignierenden
trägt der morgen
schon die nacht
und aufgewacht
sind sie am schlafen
wo sie die anderen
schlafwandler trafen
die mit abwesenden herzen
ihr leben verscherzen
und die träume verlachen
um nie mehr
aufzuwachen

blicke

unsere blicke schwiegen sich an
trugen erwartung
gleichgültigkeit
gab es noch gültiges
vom blicken
auf lippen
in worte

keinen laut
entließen die augen
stummes schweigen
nur im hinterzimmer der blicke
zwei leere holzstühle
mehr nicht
niemand wollte sich setzen
kein blick niederlassen
gingen aus dem schweigen einfach weg
bis nicht einmal mehr
die stille war

neben mir ist immer ein platz frei

neben mir
ist immer ein platz frei
um neben mich zu treten
in die zwischenräume
ohne botschaft
ohne bedeutung

optionen liegen bereit
begehbare wege
die welt gibt sich
im zwischenreich des ungewissen
androgynen

ich greife nicht mehr in die großen entwürfe
nur noch soweit mein arm reicht
mach dich nicht lächerlich mein freund
mit deiner festen meinung

sonntags lade ich zum klischee
gespielt wird: der ernst und seine unheilbare neigung
einzige anforderung: alles ist bedeutsam und wichtig
fester text tee und katzenzungen
dann wird abgeklatscht

irgendwann schwindelt mir die süße im kopf
hängt mein text
wankt die übersichtlichkeit des nachgelebten
und überlässt mich wieder
der vorläufigkeit
dem ja und nein
und all den einflüsterungen
der unentschiedenheit
die immer auf dem platz neben mir sitzen

freitag 25 uhr

spring mir nicht
in die gedanken
und nimm die hände vom wasserhahn
die wellen möchte ich selber schlagen

ich habe die gedanken
über das wasser springen lassen
wie einen stein
ich wollte sehen
ob noch einer dahinter ist

gestern zwei abgebrochene ruder
ersteigert im internet
password: never-ending-love
mit denen werde ich mich bald
über den see träumen

am stausee lassen sie schon wasser ab
und streichen die wellen blau
ich habe mich angemeldet
für freitag 25 uhr

sonntagsspaziergang

sonne schlägt schatten unter beton
erde liegt klaffend offen halmlos
kleintierzuchtverein im überlebenskampf
gewaltig drohen graue pfeiler
in die alte ordnung der käfige
nostalgie
mobilität
frisst ihre kinder
die kühe glotzen blöd
und malen ihr leben in die mägen
ein powerwalker verbeißt sein gesicht
taucht geisterhaft auf
und wird von der natur wieder verschlungen
ein klingeln erinnert an die erfindung des rades
schnell den hund retten
vor den wild gewordenen bikerheeren
schrebergärten verschlafen noch den winter
die sonne
gähnt über der umgehungsstraße
blinzelt
und gibt alles ins farblose
nur eine leere
achtlos weggeworfene
vollkornbrotdose
liegt am feldrand
und trägt noch etwas von dem moment
der gerade
mit dem gähnen geht
bis auch sie sich
der erinnerung gibt
und beton und wald
eine farbe haben

zeitraffer

man stelle sich vor:
ein abgefilmtes leben
vom ersten bis zum letzten atemzug
dann den film im schnelldurchlauf
abspielen lassen
und dann?

gestern gingst du

gestern
gingst du durch belebte strassen
kein wort traf dich
mit dem du gern gesprochen hättest
dich stachen blitze und töne
grelle töne
schreiende töne

du sahst einen mann
er schaute hunger in eine bäckerei
sein denken spiegelte sich
in den süßen auslagen
dein denken hielt dich
bis die scheibe dein gesicht wiederstrahlte

sein hunger war freundlich
du kamst heraus mit gebäck
schwiegst
und ließest die tüte sprechen
sein hunger lachte
und seine augen stolperten
ein wenig
die tüte streckte sich
gerne seiner hand entgegen
auch deiner eigenen

es fing an zu regnen
schirme begannen zu stoßen und zu rempeln
er zog aus seiner jackentasche
zwei kleine schirme
die ihr euch auf den kopf stecktet
wie doktorhüte
deiner war blau mit kleinen geckos
die leere tüte schaute euch an

und schwieg jetzt

tropfen fielen auf die geckos
und ihm fiel
danke heraus
es fiel in deine hand
und aus den minuten
fiel eine sekunde
danke sagtest du
und trugst deinen kopfschmuck
und die sekunde
nach hause

schrei wenn du kannst

schrei wenn du kannst
aber zieh vorher deine schuhe aus
wirf alle schubladen in die badewanne
und gieße essig in den klarspüler

heute wirst du es schaffen
vergiß nicht den vorhang zu stärken
damit der abend nicht schlaff herabhängt
tischdekoration mintblau

poliere die gabeln
damit sich die zähne darin spiegeln
und worte
ihre eitelkeit feiern können

lies ihnen vor aus den verschenkten büchern
noch vor dem nachtisch
denn vor dem hauptgang
werden sie schon aufbrechen

du solltest getränke
mit bunten eckigen eiswürfeln reichen
in plastikbechern
zum verzehr

stell mikadostäbchen auf den tisch
falls jemand spiese machen möchte
und trockne die stimmung
mit dem tischgrill

und auf dem höhepunkt
stecke ihnen die reste in die taschen
und tätowiere ihnen mit der roten grütze
einen kuß auf den handrücken

der abend wird gut werden
und wenn sie gegangen sind
blase dreimal dem abschied ins gesicht
und schalte die waschmaschine ein

zeit verstreicht
zu oft überstrichene wände
farbschichten
leben blättert ab
sag den vögeln vor dem fenster
dass die tage länger werden
male herzen aus atem an die scheibe
und nimm die kochtöpfe vom herd
stell die küchenwaage zum notebook
und wiege deine gedanken
streue mehl in die tastatur
blümchentapeten kommen
zum vorschein
schon lange tot
wie viele schichten hat eine welt

langsam

langsam schleicht sich das licht in den tag
streicht sanft über bäume und wiesen
hände und wangen
schlüpft listig in jacken
verweilt auf mauern

gestern
sah ich ihn oben auf dem feld
zwischen den apfelbäumen
blinzelte er mich an
versteckte sich und trieb
seinen schabernack mit mir

kindheit
entdeckungsreisen unter forsythienbüschen
glasmurmeln kullern über feuchte erde
nasse socken in gummistiefeln
marmeladenbrote und kakao
ausgelassenheit und tränen

langsam
schleicht sich das licht aus dem tag
taschendiebe greifen in die nacht
bald stehen die festen schuhe im schrank
und die tränen fallen von den dächern.
bald schon - bald

Klingeln

ein klingeln drängt sich
zwischen die blätter des tages
windstöße fegen darüber

stimme resonanz
versammelt irgendwo im kopf
knochen spucken worte aus
die zahlen lieben
liebe die irgendwo geschaltet ist

gut ach so na dann
die stenographie unsicherer lippen
hallo noch da
nein die gedanken sind nicht zu hause
ach so
soll ich sie von dir grüßen
gerne und deine
die kommen erst noch an
das ist gut
so sind sie eben
nie da wenn man sie braucht
eben

der knochen piepst sein ende herbei
brüchige stimmen brechen
schade ich hätte sie gerne kurz gesprochen
piep piep
nächstes mal
na dann
ein windstoß fegt durch die strasse
eine ratte balanciert über ein telefonkabel
und irgendwo werden die einheiten festgehalten

das schöne tötet

bilder stürzen durch die sinne
zu schnell
um sich niederzulassen
wuchern
konturlos
distanziert
das modelliert schöne
blitzt kurz auf
will wahrheit sein
auch die erregung
hat ihr vorspiel verloren
will hastig verschlungen werden
verhungerte madonnen
klimpern mit den knochen
stege führen fort
es ist das schöne
das uns tötet

die rastlosen

die rastlosen
hielten ihren strahl in die zeit
scheu klappten sie ihre blicke zusammen
bündelten sie auf weißen fliesen
und den fugen
überlasen
teilnahmslos eindeutiges geschmiere
erkannten schuhe
mehr nicht

öffentliche auftritte
wasserkonzerte
welt der knöpfe und reißverschlüsse
aah, ruft einer genussvoll aus
durchbricht das grußlose schweigen
wie gut
bricht die still-intimen vereinbarungen
starr blicken gesichter fliesenwärts
schlagen sich über wasserbrücken
in die erleichterung

später
die laufenden wasser
zur rituellen reinigung
handtuchspender
seifenspender
großzügigkeit der spenderhallen

und ab und zu
klappern münzen rastlos auf einem weißen teller
auch diese kommen nicht zur ruhe

unwissbares zeigt sich

unwissbares zeigt sich
an der möglichkeitsgrenze
staune
fragen werden dich überrennen
wie viele läufer kommen ans ziel?
willst du glauben?
stell dein fahrrad vor den online-bäcker
und lass mit windbeuteln
drachen steigen

gewänder der zeit

in wallenden gewändern
ziehen gedanken heran
sag der zeit
dass sie stillstehen kann
auf den erdbeerfeldern
spielt die sonne im rot
gebückte wesen verdienen ihr brot

laue winde wehen hoffnung übers üppige grün
die rächer warten schon
ungestüm
sie tragen ihre herzen unter den armen
wehe euch
es gibt kein erbarmen

und doch scheint alles nur irgendwie so zu sein
das rot, die gewänder
in der hitze flirrt der schein
was wahr ist vergeht
mit dem rot dieser zeit
was immer sich zeigt
ist vergänglich und schweigt

ich seh`

ich seh` die welt und ihre dinge
ich seh` den geist und die idee
ich seh` des teufels scharfe klinge
ich seh` des gottes eheringe
ich seh` den sommer und den schnee

ich seh` die straße und die leute
ich seh` ihr wirken tag und nacht
ich seh` wie sich der nachbar freute
ich seh` wie er sich manchmal scheute
ich seh´ wie er mir obst gebracht

ich seh` die menschen wie sie ringen
ich seh` den willen der sie treibt
ich seh` sie weinen und auch singen
ich seh` sie kommen und verklingen
ich seh` was dann von allem bleibt

ich seh` die ohnmacht in den händen
ich seh` das große das begrenzt
ich seh` wie wir leben verschwenden
ich seh` auf juliwochenenden
ich seh` die wiesen abgesenst

ich seh` den anfang und das ende
ich seh` was hinter allem lag
ich seh` die freiheit und die wände
ich seh` die sehnsucht blauer strände
ich seh` die wiege und den sarg

ich seh` die nacht ihre dämonen
ich seh` den wahn in unserer welt
ich seh` den mensch in einkaufszonen
ich seh` ihn fremde haut bewohnen
ich seh` wie manna niemals fällt

ich seh` die haut und ihre lüste
ich seh` die sehnsucht nach dem du
ich seh` der sehnsucht ferne küste
ich seh` ein lassen das nicht müsste
ich seh` einen kuß tiramisu

ich seh` und steh` wo wellen schlagen
ich seh` dies wogen in der zeit
ich seh` ganz anderes könnt` uns tragen
ich seh` wie wir uns das versagen
ich seh` nur verborgenheit

schreit wer mir zu: die nacht ist kühl!
irgendwo ein klang von einem windspiel
ein mann steht am fenster, ringt nach luft
die rollläden blau, fliederduft
sein blick fliegt weg ohne ziel

nebenan raucht jemand in die nacht
vor dem fenster die dose, in die er ganz sacht
ein verglühtes leben fallen lässt
ein satz fliegt los durch lippen gepresst:
so schnell, so alt, hätt ich nie gedacht

gegenüber im eckhaus beginn und zwei hunde
für sie schlägt eine andere stunde
vorhanglose scheiben vor grad geformten seelen
für sie heißt leben einfach nur zu wählen
sie telefoniert gern, liebt das bunte

abends schließen alle fenster die lider
vielleicht sieht man morgen jemanden wieder
wenn der flieder seinen ersten duft verströmt
der dicke mann den nachbarn verhöhnt
und der trommler gegenüber schweigt

raumlose tage

kein raum gab sich
der fantasie
und der idee
nur rauhfaserweiße flächen
oberflächen
gegen die im schattenhaften
scherenspiel
immer wieder ein klischee
nach dem anderen
projiziert
und injiziert

bis welt und leben
so profan
dass sie in den niederungen
der worte und bilder
ohne hall und hof
beim entstehen schon verklungen
weil alles gleich
sein ende war

ausgesprochen
schon gesagt
vorüber
ohne dass etwas hinüberragt

worte niemals angeboten
wege nicht vorgeschlagen
gesten in geschlossenen türen
flure kahl und ohne farbe
wo es zartes spürt
und angerührt
sich öffnet
einlaß gewährt

darüber
bilder erblühen
der fantasie

statt agonie des lebens
das sich eng vorüber zwängt
sich reibt
wortbeleibt
in der druckvorlage
des lebens und seiner
raumlosen
tage

ochlophobie

er sagte: ich habe ochlophobie
marie
sein blick ging fast zur neige
dann spielen sie eben nur für uns
sagte sie
im laubengang hinter der parfümerie
wie geschaffen für ihre geige

der narr

der narr trägt seine antworten aus
mit der tageszeitung morgens um vier
der sehnende bekommt dessen er bedarf
wahrheit der sehnsucht die möglichkeit ist

zumutbarkeit wird niemals antwort sein
die tauben der sehnsucht fliegen immerzu aus
bringen manchmal morgenrot
kehren sie heim
was not tut weiß
der frager allein

der schleicher

ich sah ihn an der brücke stehn
und stücke in die blicke sehn
heruntergekommen schien er mir
unten angekommen
zwei plastiktüten eine dose bier

durch ihn hindurch eilten passanten
sie kannten ihn aus augenwinkeln
links lag er neben ihnen
unbeschienen
ausgeatmet
weniger als luft

dann begann er sich zu regen
als regentropfen niederfielen
langsamer als eine schneckenbahn
kam er voran
ein energielos schleppendes bewegendes schleichen
indem ein wesen ausdruck fand
ein band zum herzerweichen

auf der mitte der hölzernen brücke hielt er an
was man nicht gleich wahrnahm
im zögern verspürte ich eine bitte
waren die angehaltenen schritte ein signal
mit denen er das leben unterlief
und rief

hatte er sich eine andere welt gesucht
die schleppend langsam war
als seine füße den alten boden
nicht mehr fassten
und trotz allem tasten
sich sein schritt zwischen allem verlor

fand er da seine brücke aus der welt

irgendwann war er drüben angekommen
stellte zwei tüten leben auf die bank
alles war zu weit
unter der lupe der zeit wanderte er
durch ein gläsernes schneckenhaus
auch seine welt sie ging
und hing doch fest
in diesem schleichen
über alle brücken
ins niemandsland
wo der zwangsentschleunigte
sich wiederfand

ausgelegte worte

du hast deine worte ausgelegt
wie eine brotkrumenspur
sie sollten zu dir führen

die suchlosen tage
ließen sie
trocken und hart werden
steinern
lagen sie im mund

das finden wurde schwerer
zu schwer
die worte
dann kam der wind

wie soll ich dich jetzt noch finden

modenschau der süßigkeiten

wenn krokant mit kuvertüre
im biskuitmantel
den laufsteg betritt
geht die sehnsucht
nach dem glücksgefühl immer mit
der süße der kindheit verlorenen zeiten
auf der modenschau der süßigkeiten

pralinenseminare modellieren marzipan
zuckergießen
kreative eisideen
mürbeteighäuschen
für die modelleisenbahn
an lange gänge des essens
und der weine mit körper
hat der nachspeisenkoch
einen flur drangehängt
durch den sich üppige süße drängt

der patissier hat gaumitektur studiert
eine neue kunstform im geschmacksnervenspiel
es reicht nicht zu essen
es muß sich abheben
muß neben geschmack
auch ein scheinen geben

er braucht räumliches denken
um viel anzurichten
kügelchen die richtige
position anzudichten
die intergalaktische nachspeisenbahn
in den vieldimensionalen größenwahn

abgemagerte sätze
streunende hunde
verbellen kreischende gitterwagen
knoblauch fliegt über scanner
herkunftsland china
abgepackte lebensmittel im olympischem kampf
körper über den scanner ziehen
abgeleckte strichmännchen
tüte mit familienanschluss
treuepunkte
geheimzahl
zurück zu den hunden
den euro aus dem maul des gefräßigen wagens
und wieder worte ansetzen

weihe deine schritte

weihe deine schritte
und laß sie wünsche gehen
streu leben aus
wie blumensamen in verlorene kübel

gerne habe ich bei dir gesessen
und deine worte geküsst
du legtest dein leben
wie eine spur in die zeit
und wir gingen
sehnsüchte suchen
in versteckten hinterhöfen
wir fanden die tage
die unbegangenen
die friedlich an der mauer lehnten
und wir stolperten atem
in gäßchen
die sich vor uns ausbreiteten

du warfst deine gedanken aus
wie streunende hunde
mir knurrte der magen
vom vielen sehen

du
sprachen deine augen
laß uns träume verstecken im park
zungen
auslegen in den wind
ich nahm deine hand
die eine eigene sprache hatte
und sagte ihr
komm wir fliehen los

ein schweigender hauch
hing zwischen den bäumen
in dem sich
unsere wünsche verfingen
heb mich ab
sagtest du
und
schau die riesen weinen schon
da tropfte aus den bäumen
die zeit
wie honig in unsere sinne

unvorstellbar endlos weit

staubscheiben wirbeln um junge sterne
in der unvorstellbarsten der unvorstellbaren ferne
verklumpen nach milliarden von jahren
bis sie planeten und monde offenbaren
bis irgendwann dann irgendwann
ozeane vom himmel fallen
erfüllt von einem großen schallen
und neue erden sich bilden
in den endlosen der endlosesten weiten von
kosmischen gefilden

minuten rufen nach leben

minuten rufen nach leben
bieten großzügig weite räume an
wollen mehr sein
als wimpernschläge
angesammelt
wie viel leben
hat in einer minute platz
gruppen ziehen vorüber
singen lieder der vergänglichkeit
von wunderschönen tagen
wind streicht raumlos durch wälder
ein fuchs schaut aus dem bau
ameisen sammeln tannennadeln
zum mikadospiel
ein wanderer wirft seine brille ins gras
er hat für heute genug gesehen
am wald ein unlesbar gewordener fahrplan
ein leerer bus hält an
abblätternde plakate im wartehäuschen
wie alles
das in die erinnerung geht
der busfahrer raucht am feldrand
blickt gedankenverloren über die weite
wartet auf gäste
er wird immer wieder warten
dort stehen in diesem raum
den die minuten großzügig anbieten

nörgler

augen strahlten wie verschlungene pfade
die nörgler trugen ihr kalbsgeschirr
und blökten in die lacher
wie blitze in den sommerhimmel blau

von zauberhand die teller warf
fanden sich augen und lacher wieder
im versiegenden strom ihrer winkel im mund
bis alle freuden trauer trugen

und als gäbe es eine herrschaft der nörgler
verloren stimmrecht und löwenmäuler
ihre zähne und sich in einem strom der sie
und alles mitzog was vorher in den augen war

alt geworden

jetzt bin ich also alt geworden
was immer alt bedeuten mag
ein kühler wind kommt aus dem norden
verweht allmählich nacht und tag

die stummen reiter mit den scheren
sie ruhen immer öfter aus
und langsam trennt sich vom begehren
was sandlos stille steht im haus

endlos verschlungen liegende wege
eine jede wahl trug auch das nichts
und jetzt, da ich mich fortbewege
mit den reitern des ewigen lichts

da scheint mir vieles so fraglos klar
alle fragen die antworten waren
eine vogelfeder schwebt vorbei und war
stärker als stein in geatmeten jahren

tage

sie kommen immer wieder
diese tage
voll zweifel
endlos
leer
wie ausgeraubt
das leben selbst mutiert
zur Zwischenfrage
die alles
offen lässt
und nichts mehr glaubt

durch kahle Wälder ohne lebewesen
gehen die gedanken
sinnentleert
als sei anderes nie dagewesen
als sei dies alles
nichts mehr wert

von jetzt auf nun
aus dem nichts
legt sich ein schleier um die zeit
und aus dem tiefen
innern sprichts:
einsamkeit – vergänglichkeit

wanderer in tiefer nacht

du wanderer in tiefer nacht
was hat dich um den schlaf gebracht
was war´s das dich ins wachen rief
ein ruf der nacht – weit und tief

mir war als ob ich träumend schliefe
schwebend durch alle dunkelheit
doch dann die ahnung ihrer tiefe
ein blick hinab: so weit, so weit

die dunkelheit begann zu leben
ein leises flüstern überall
und aus dem sicher stillen schweben
ward mir ein bodenloser fall

ins dunkle gleitend ohne ende
und ohne blick auf einen grund
und wo das ende ich gerne fände
statt grund gewaltig nur ein schlund

er drohte fast mich zu verschlingen
stieß mich hinweg sog mich hinab
und noch im sturz hört ich ein singen
mein sohn fall nicht vom glauben ab

es war als gäb es keinen boden
mir weggerissen raum und zeit
die ganze welt ging mir verloren
in allertiefster einsamkeit

es gab kein land und keine meere
keine grenze die mein wesen hielt
mein denken stürmte bloß ins leere
in der man jedes wort verspielt

richtungslos taumelnd und kein führen
mich überschlagend und allein
kommt aus dem nichts ein zartes spüren
als könnte doch da etwas sein

und plötzlich kaum zu beschreiben
wird dieses nichts zum boden mir
fängt mich sanft auf, lässt mich dort bleiben
war es denn schon immer hier

zwar ist die tiefe mir geblieben
über ihrem abgrund lebe ich
doch trägt mich jetzt all mein lieben
zärtlich umarmt - ewiglich

tiefe

tief aus dem tal nebelverhangen
steigt dunkel ein klang zu mir empor
er hat mein denken leicht umgangen
hab aus der luft ihn eingefangen
und gleich verspürt ein fragend bangen
halte ich ihn an die seele oder mein ohr

noch hör ich deutlich dieses schwingen
umgreift mein sein ein weicher flor
die luft um mich beginnt zu singen
ich werde leicht nur wie ein klingen
bin selbst ein schwereloses springen
dann es ist still wie nie zuvor

ich schau ins tal in meinem ruhen
spüre durch die wolken mich dorthin
hebe den deckel aller truhen
seh jemand dort in gelben schuhen
erhasch ein fliehendes beruhen
mich streift die ahnung von einem sinn

dann geht all dies wieder verloren
rinnt mir dahin im schnellen lauf
der klang verstummt in meinen ohren
verlier den mann hinter den toren
die fremde welt gerade geboren
alles verschwebt und löst sich auf

ich schaue auf und seh ein wesen
das langsam schwebend von mir geht
versuch gedanklich noch zu lesen
was in meinen sinnen kaum noch steht

mein denken findet keine wege
findet mit worten nicht zurück
im nebel enden alle stege
verschlossen bleibt der tiefe blick

klaustrophobie

im engen dorf der klaustrophoben
schieben zauberhände wände
werfen speere in die leere
bis sie toben

diese welt aus zelt
stoff jederzeit zu verlassen
mit dem messer keine engen gassen
kein blick der den weg verstellt

ihre schranken sind gedanken
sie leben im karton
alle seiten schwanken, schwanken
und schon rennen sie davon

ja, wie denn nun herr benn

ja, wie denn nun herr benn
ihr skeptizismus in allen ehren
mit dem sie mich beschweren
glauben sie nicht, dass ich den nicht kenn`
aber soll ich aufhören zu atmen

ein kriegsgeschädigter pathologe?
der viel zu oft ins dunkle blickte
in der baracke stand die loge
wo eine sinnleere welt die aster knickte

aber wir hatten doch das wirtschaftswunder
dicke zigarren und prosperität
wer will der kann und geht nicht unter
unser sinn war gesät
...das kam alles für sie zu spät

wir lernten doch die dinge zu lieben
fortschritt gegen dunkelheit
konsum und jahrzehnte frieden
wer spricht da von einsamkeit

merkwürdig nur dass ihre zeilen
von fern so tief zu mir rufen
und ganz nah bei mir verweilen
knarrend wie alte holztreppenstufen

bleibt uns nur die leere
und ein gedeckter tisch

müssen müssen

was bin ich froh,
nachts endlich nicht mehr aufs klo.
lieber küssen,
als müssen müssen.

die schokolade ging zu bade
ein spitz biss sie in die wade
was hast du mir angetan
oh du mein marzipan

seit kurzem

seit kurzem spüre ich meinen engel nah
ein dichter glanz verliert seine blätter
eine hand nicht von hier fährt mir durch mein haar
im spiegel ein gesicht so ganz sonderbar
ist schon die zeit der beflügelten retter

wie kam es dass ich ihn neben mir spürte
war die schlange nicht gegen ihr gift immun
jahre und wege bis er mich berührte
ging los als mich noch die welt verführte
jetzt ist die hand mein herzschlag für mein tun

im letzten herbst hab ich den birnbaum gerettet
es schien als schickte er sich an zu gehen
sein astwerk brach seine knospen verkettet
auf diesen sommer hätte keiner gewettet
frühjahr ist`s ihr müsstet ihn sehen

duftende blüten in knospen gedacht
erinnernd erscheint leben wie ein jahr
vom knospen zum brechen tag und nacht
und dazwischen in den bach gelacht
das geschick in den bäumen im elfenhaar

denn alle liebe will ewigkeit
ein ruf der nacht fällt auf fremde stufen
ich höre dich rufen
gib acht! gib acht!
schon fällt welt über das
was sterne schufen

schweig! schweig!
spüre ich dir zu
in meinen augen wartet ein du
worte lassen träume zerrieseln
im innern gibt es kein hinzu

kein zeiger geht mir übers herz
kein dauern das als sand sich fände
nur deine hände
und in mir ein schlagen
sehnsuchtsvoll an alle wände

in meinen augen zittert begehren
der strom sehnt sich zum meer
nach immerwährender wiederkehr
die glauben will im fluss der zeit
doch manche steine wiegen schwer

als er sich endlich durchgerungen

als er sich endlich durchgerungen
da war das tiefe lied gesungen
bella maria
sweet charity
mein freund das ist der benefiz
in jeder falte steckt ein witz,
jetzt ist er implodiert
vom guten zweck einfach kastriert

auf der torte nichts als worte
von der sorte wilderdbeer
mensch lacht da der neandertaler
das leben wird auch immer schmaler

neandertalers trauma war
ganz offenbar
neandertaler sah
tyrannosauroidea
ob dies ein posttrauma war
wie bei mir ikea

ein mob der flashed
heisa kamilla, ruf ludmilla
auf dass sie dir die hoffnung brecht

klein kasimir stand schmiere
in frankfurt vor der tiere
da kam der aufschwung um die ecke
- erhards zecke

gieß licht in die becher
trage hyazinthen vor das haus
wirf weiße kiesel in die mondlose nacht
sieh den zecher unter der eibe
wie er lichttrunken dunkle gedanken summt
die ein kauz in seinem weißen gefieder
lautlos verschluckt und davonträgt
und den weißen kieseln folgt
hörbar lautlose nacht
kein bach
kein blatt
kein sterben
kein werden
kein wollen

dem zecher wieder den becher füllen
aus atem über der lichtung
tropfen luft bringen die zeit zurück
die gelehrten becher
im ersten morgenrot zerknüllen

wie trockenes obst
liegen die tage in der erinnerung
straßenlampen umkreisen den mond
sehnsucht erblüht aus terrakottakästen
aus den grillwolken brechen lachschauer
geistesblitze

ab und zu
ein lauter unkommentierter schlag
verzweifelter individualismus
findet sich immer wieder im einen
hebt kurz ab ohne zu fliegen
stürzt auf die harten altstadtpflaster
der musealen realität
gnadenlose erdenschwere
wer unbedingt anders sein will
wird immer gleicher
die ewige rückkehr der reisenden
normalität der suvs, spams und blogs
ikons lächeln
faltenlos

alle fallen
irgendwann in den großen filter
liegen dort wieder nebeneinander
haut bleibt haut
und angst bleibt angst
neben dem obst
der erinnerung und der sehnsucht

ich brenne nicht durch
nur gedanken auf die silberscheibe
lasst eure spitzen zungen zu hause
ihr könnt sie nicht lesen
nicht kompatible welten
bedürfen der dechiffrierung
zu viele formate
mal kein bild
mal kein ton
oder beides
manchmal alle sprachen übereinander
siehst du den baum
wie er sich aus der rille streckt
ich beiße
wenn ihr mich transkodieren wollt
nur dir verrate ich mein format
obwohl du es gar nicht brauchst
denn du verstehst mich auch so

menschenfresser

OBEN AUF DEN mENSCHENFRESSERSKALEN
RANGIEREN NICHT MEHR kANIBALEN
NICHT EINMAL lEMUREN
HINTERLASSEN sPUREN
NUR DIE FLEISSIGEN mASCHINEN
RIESSENGROSSE wUNDERBIENEN
FRESSEN IHRE wÄRTER
DIE ZEIT
WIRD IMMER HÄRTER
WER DAS tEMPO NICHT MEHR HAELT
DER FÄLLT
AUS DER wELT
WIRD ZUM pATIENTEN
MIT DAFÜR VORGESEHENEN rENTEN
DER DANN ENTFLAMMT
FÜRS eHRENAMT
DERWEIL DIE bIENE WEITERFRISST
WEIL SIE NICHT ZU STOPPEN IST

trojaner

er sitzt vor dem schirm und starrt auf die bilder
direkt vor ihm treiben sie es immer wilder
so wild bis sein schauen ihn so erregt
dass er bei sich selber die hand anlegt

in der toilette liegt später ein taschentuch
die wilde rote nur ein zugeklapptes buch
die voyeurhafte lust, sie ist einfach verflogen
die er gerade doch noch aus dem netz gezogen

er schmiert vaseline auf die tastatur
die maus ist der roten wieder auf der spur
die aufgeschlagen in positur gelegt
ihn ferngesteuert vor und zurückbewegt

und wieder wie immer kommt das danach
es trägt des gewissens versteckte schmach
er spürt sie die sucht - er der veganer
in seinem kopf da ist ein trojaner

schrei wenn du kannst

schrei wenn du kannst
schrei um dein leben
ein einziges mal
wird dir heute vergeben

öffne tore
für die gezeiten
lass dir dein leben
heute einmal entgleiten

lausche dem klang
deiner symphonie
begleite dein blut
durch die travestie

beigebrachtes
deine torheiten
siehst du wie sie eitel
heut vor dir schreiten

umarme dann
einen alten baum
und träume mit ihm
deinen möglichkeitstraum

verlorene hand

an der frisch gestrichenen bank
klebt eine hand
es ist die hand des verbotenen

sie greift hinein in das böse
ängstlich verwahrt
doch so gewaltig mächtig

zwei wesen streiten um die hellen träume
denkmuster die
himmel und auch hölle tragen

das aggressive möchte die liebe umarmen
im zwiegespräch
sich im vorfeld entladen

böse gedanken erlösen sich
durch die seele
eine verlorene hand ist manchmal der preis

ich lege meinen schatten aus

ich lege meine schatten aus
achte auf deine schritte
geh mutig zur mitte
stunden erscheinen am horizont
auch vom boden kann man stürzen

touristen mit kameras
schwarze streifen digitalisiert
meine schatten in irgendeinem blog
aber du
du solltest sie anders behandeln
achtsam mit ihnen umgehen
denn nur für dich habe ich sie ausgelegt
vorsichtig gestreckt
nur für dich
keinem würde ich sie anvertrauen
außer dir
störe dich nicht an den kameras
sie lösen alles aus
und nichts
keine schatten
nur das tote im bild
aber meine schatten
fleisch und blut
leben nur für dich

meine schatten lachen über megabites
was ist ein megabite gegen den äquator
wie seidenfäden ziehe ich alles hervor
meine unendliche spule der zeit
mein schattenfaden findet nie ein ende

ich lade dich ein zum tanz
tanze auf meiner schattenspur
bis deine ausgestreckten arme
die sonne küsst

vielleicht

die blätter der bäume
zitterten im wind
und wisperten
vielleicht – vielleicht

wie antworten
auf nicht gestellte fragen
wortlos war mein sagen
das sich in diesem zittern fand

als hätte ich einen moment
die zeit verlassen
und wäre mit den blättern
ein stück gegangen
gegangen
in diesem
vielleicht

stumme tage

stumme tage schreiben sich ins land
was gerade noch anwesend
gleitet warm aus meiner hand
aus einem fenster segeln schwalben aus papier
auf einem flügel die frage: um 10 nach 4

eine flasche im rinnstein trägt ein blaues
aquarell, gesicht, farbe nichts genaues
darauf hat jemand kaum lesbar geschrieben
wo ist die linie des normalen geblieben

ein geruch nach altem fett klebt in der luft
im kino läuft: der schrei aus der gruft
dort ein schild: gesucht blumenbinder
top-seller im bookstore: der schattenfinder

die sonne blinzelt zart ihr ist es egal
vielleicht denkt sie auch: ist das alles banal
und für einen moment zieht sie die wolken vor
werd` ein star, komm` zum casting steht dort am tor

am ende der straße schläft ein leerer park
das grün liegt verschwendet wie im sarg
leben das ist eben anderswo
und manch einer fragt sich: wo

menschen treffen

menschen treffen
ebenso wie worte
mehr als ein symbol
auch das treffende
schweigen finden

menschen kann man treffen
ebenso wie worte
sie stehen oft
einfach so herum
man nimmt sie
auf

können unsere worte
sich verabreden
heute um fünf
auf der bank am bach
wo die erlen stehen
dort können sie sich unterhalten
und vielleicht
sind wir mit dabei

heilige kuh

in der strassenmitte steht
eine heilige kuh
schaut zur leuchtreklame
und macht ganz laut muuuuh

unbestreitbar ist
dies kein freudenlaut
ein klagerufen eher
kommt man dem näher

wirkt sie ungepflegt
verwahrlost, verlassen
blockiert den verkehr
warum alle sie hassen

es scheint als suche
sie vergangenheit
ewige schwüre
unvergänglichkeit

heute gesagt
und morgen vergessen
nichts ist mehr heilig
alles relativ bemessen

große augen
schauen traurig drein
und mit greller ignoranz
streift sie der reklameschein

verlorene kuh
sperrt sich der belehrung
sie will sie nicht sehen
die verlorene verehrung

Camus

unauflösbares entzieht sich
gegenwärtigkeit der schönheit verblasst
leidenschaften erhellen
gefühle der absurdität an straßenecken
erscheinungsformen spenden realität
helden der gesichter ohne herz
paradox liegen regungen und vorstellungen in der beschreibung
jedes ende bereits in der geburt versteckt

altstadt

in der altstadt
neulich
sperrangelweite
dunkelheit in die gasse
verschlingend ein maul
am trottoir
nah dem abgrund

sinne schärfen den augenblick
verdichten ihn zum reinen
jetzt
oberflächen entschwinden

im sog der kellertür zur schwärze
trennt angst mensch und welt
bannt wirklichkeit
in die kapsel

ein windstoß wirft die tür ins schloss
ein schild
einfahrt bitte freihalten

liebe

der tag zog einen schmetterling vom kopf
mit großer geste
neigte sich um die mittagsstunde
als küsse in der luft lagen
zum regenbogen
und richtete sich wieder auf
zur sonnenblume
drehte sich
durch die nacht
einmal um sich selbst
um wieder um die sonnenblume zu kreisen
so wie er es immer tat
tag für tag
jahr für jahr
säkulum um säkulum
ewiglich
bis seine geliebte ihre anziehung
verlieren wird
dann
irgendwann
in unvorstellbar ferner zeit
wird diese liebe enden
und er mit ihr
im nichts vergehen

sprachs

sprachs
und setzte sich zu grabe
bis eine küchenschabe
listig um die steine bog
und graues vom himmel log
bis eine wolke herzerweichend
weinte
und die beiden
in den tropfen
still vereinte

nachmittage

keine mitte mehr
die hand auf irgendeiner türklinke
atemzügen der erwartung
glocken läuten das ende der zeit
führen gläubige am klang in die hoffnung
der tag versteckt sich schon in einer ecke
sieht den melancholischen abend
im heraufziehenden blau
in rosengeschmückten vorgärten
in der leichten kühle
entspannen sich gedanken
hinein zur nacht
ein buch fällt aus der hand
wie augenlieder über die welt
irgendwann
deckt schlaf alles zu

der geier

mein geier
der ist pleite
zwar schwebt er noch
doch das geschmeide
und die preziosen
nur noch luft in leeren dosen

sein federkleid es wirkt zerrupft
und wie er durch die gegend hupft
kein aas mehr weit und breit
er ist am ende aller zeit

zum fliegen reicht keine stütze
er wirft sich schon in jede pfütze
in der er einen euro findet
für den er sich ne stunde schindet

neulich zog er seine spur
im langen flur der agentur
überall leere gesichter
und stets dabei dieser richter

der im innern grollt und spricht:
so klappt das sicher nicht
nur der wer will der kann
und findet dann auch sein gespann

mein geier kreist sehr verkürzt
dabei die angst dass er stürzt
seinen willen den hat er verloren
irgendwo in tauben ohren

firlefanz

beschleunigung und firlefanz
ein liebespaar in seinem tanz
durch tage durch nächte drehn
immer schneller
immer weiter
durch die hellen glaspaläste
bis sie vor schwindel
nichts mehr sehn
und immerfort
sich drehn
und drehn
verstand verlieren
und drehn
und drehn
und drehn

ganz

aufatmend ganz bei
dir ein augenblick herausgehoben
enteilender alltag in der
stadt nicht entfremdet glücksmoment
ruhig und still

ganz geschöpf der empfänglichkeit
sinnend, staunend nicht
verdrängt schöner flüchtiger moment
souverän der wirklichkeit eigenständig
doch nicht frei

nichts wandelt sich zum
ganzen hin

tinnitus

überall realität
kein leben ohne schablone
wieder und wieder über alles gelegt
und bewegt mit der zeit
form und laut hand in hand

digitale weltgestaltung
wirklichkeit
plagiat
epigonenwanderung
der kompass stirbt in das display
bist du ok
132 briefe im speicher
die kontrolle fremdvergeben
outgesourcte fingerwelt
freiwilliger kontrollverlust
quasi bewusst abgegeben

online - permanentes sein
supergau information
ohnmacht kreist über den leibern
dunkel wie Todesküsse
angefixte wollen mehr
tinnitus als klingelton

herr im eigenen haus

bin ich herr im eigenen haus
zu viele gehen dort ein und aus
ich frage sogar
was sie gerne hätten
wie versklavte marionetten

bin ich nur gerede
vorübergehende gestalt
abgespalten vom ganzen
in die fantasiegewalt

stolze individualisten
der gedanke widerwärtig
nicht das maß der dinge zu sein
schrecklich ängstigende pein

weltenklage

tage tage weltenklage
weil alles einmal besser war
das schicksal liegt auf der trage
deutschland sucht den superstar

zum kerzenschein flüstern geigen
alles teil vom ewigen bund
glocken rufen - sich bescheiden
alles design, ohne grund

zwei jugendliche vermummte
suchen nachts nach dunklen ecken
wo der scheiß um sie verstummte
soll die welt doch verrecken

zu später stunde fährt ein mann
gitarrenkasten unter dem arm
durch dorf zum kirchhof dann und wann
spielt er die orgel wie alarm

auf der mauer steht: ja oder nein
jag dein glück vor und zurück
großes wird unendlich klein
das kleine konnte nie größer sein
jetzt kämpft der mann sein lieblingsstück

augenblicke

in manchen augenblicken überschlagen
sich die worte die in fragen drängen
verlieren weil sie horizonte tragen
sich in antworten aus fremden klängen

streben immer wieder zu dem einen hin
umkreisen und können es nicht fassen
geben niemals auf im glauben an den sinn
müssen ihn doch wieder gehen lassen

immer wieder finden sie das gleiche ziel
dort wo die rosen und der rosmarin
zeitlos im zarten verträumten liebesspiel
aus tiefen gefühlen sehnsuchtsfäden ziehn

auf ihrem weg durch lebenslange sätze
vorbei an göttern und dämonen
kommen sie auf menschenleere plätze
weil dort die großen fragen wohnen

um am ende aller zeit die einfach so
verging den anfang dort wiederzusehn
der sich mal zeigte und entzog ebenso
wie gewissheiten kommen und wieder gehen

zeit nehmen

heute
nehme ich mir zeit
für nichts
und wieder nichts
und lebe sie unendlich breit
angesichts

der tage die ins sterben
gleiten
sie bereiten
allem ein verderben
durch dies unbändige schreiten

ich möchte die zeit
aus dem vergehen nehmen
lang weilendes verstehen
und noch darüber hinaus
mit diesem jetzt
durch tage gehen

das ist alles

über den teilen ist kein sinn
keine leben in beziehung auf etwas größeres hin
es gibt kein ganzes nur seine teile

mir und dir ist das leben nicht egal
was ich tue kann durchaus sinnvoll sein
was ich erringe ist - mein ideal
doch im großen kontext verschwindend klein

warum darf das leben nicht sinnlos sein
warum müssen wir uns etwas bedeuten
warum muss ein name in den stein
warum muss bedeutung zu den leuten

wir blicken nach vorn zu den spielern des balles
nur im eigenen leben endet alle suche
stell beim gewitter dich unter die buche
ich existiere - das ist alles

enthirnte welt

in den boulevards der enthirnten welt
steht aus traumstoff ein himmelszelt
alles denken ist aus seidentuch
der aller wunderbarste fluch
er lebt allein vom speichelfluss

die seelen die sich drinnen laben
erliegen den verlockungsgaben
dürstende ohne wüste
meere ohne küste
speichelwellen hoch am strand - allerhand

einer der alles versteht
geht und sammelt mediokrität
in zeiten wie diesen
nur zum genießen
großmeister der flexibilität

der papst trägt wahrheit aus
hurra, hurra
wir glauben und gaffen
weil wir uns nicht selbst geschaffen
wir giraffen
ach, es ist zum verstauben

die mehrheit glaubt ans sonnenlicht
obwohl doch er wahrheit verspricht
was ist das schon
mehr als ein wort
oder ein ton mit a
der nachbar ist schon sonderbar
und erst das neonlicht

kleiner dicker mann

ein kleiner dicker mann
steht vor einem großen haus
da schaut ein kind zum fenster raus
und irgendwann
ruft es ihm zu
wer bist denn du
ich bin ein kleiner dicker mann
und schau mir euer haus bloß an
da macht das kind das fenster zu

die zweiten

fürchtend
die zweiten
nicht die ersten sätze
diese springen schwerelos hervor
kaum noch an der hand des gedankens
spielerisch
verlockend

die anderen erst binden
die zweiten
grenzen reiche ab
verwahren und leben
kämpfen mit anderen sätzen
stell dich
scheinen sie zu rufen
diese zweiten
stell dich mit sätzen der welt
stell dich springinsfeld

aber ich....
abgrenzen wo
keine grenzen sind wo der
wind weder zäune noch wände
hat aber ich bin eben kein wind der
sich verschwendet grenzenlos niemals an
morgen denkt weder
heimat noch wurzeln hat

aber ich...
zu mir selber
kommen ohne zu wissen wo bin ich
anzutreffen treffpunkt und zeit fest
vereinbaren damit ich mich nicht
verpasse

aber ich...
liege in den tagen als seien
sie meine wiege mein reich und die
stehenden gedanken suggerieren
mir dass ich dort gut aufgehoben
bin ganz ohne grenze und ohne zeit

der elefant am strand

neulich spazierte ich am strand
da stand am strand ein elefant

er stand so da, schaute aufs meer
ich hab gedacht: wo kommt der her?

als ich dann vor dem riesen stand
da hab ich ihn sofort erkannt

bist du nicht der aus dem fernseher?
fragte ich und trat noch näher

psst, macht er und wirkt angespannt
ich bin einfach davongerannt

vom zeichentisch, ein sprung, nicht schwer
jetzt gibt es keine rolle mehr

grinst und legt mir anstatt der hand
den rüssel leicht wie ich fand

um die schultern wir lachten sehr
und blickten still hinaus aufs meer

(Dieses Gedicht wurde 2012 zum Thema Strand vom Hessischen Rundfunk ausgewählt und im Radio in HR2 vorgetragen)

so viele höhen erklommen
über aufgänge die fragen waren
alles wurde wieder genommen
wenn antworten sich offenbaren

erkenntnis, einsichten, wege
gewissheit kam und ging
ein rufen blieb: überlege!
das einen rest von großem fing

ergeben den gewöhnlichen dingen
auf sie ging alles leben hin
alltäglichkeit war zu erringen
in fleisch und blut ruhte der sinn

dennoch und doch und doch und doch
hinabgesunken ungetrennt
verblieb was drinnen nie zerbrach
der tod - härtester kontrahent

schlußstrich

in der sackgasse liegen die heißen kohlen
an der straßenecke hat er sich festgebissen
er wird sie nicht hissen die weiße fahne
und mit den sohlen den eisernen willen stählen

durch die jahre ist das zubeißen ihm gut vertraut
er weiß, dass er nicht loslassen niht aufgeben darf
so warf er sich in grenzenlose möglichkeiten
wer darauf baut der kann heute alles erreichen

wenn manchmal nur nicht dieses jucken ihn plagte
schlaflose ängste über eigenes versagen
das wundentragen durch die durchsetzungstage
dieses verzagte kratzen am selbstbewußtsein

ihn fürchtet der blick durch die versagerbrille
durch die gläser der kultur und ihren normen
in das beharrliche formen das handtuch werfen
wenn in der stille der nacht die gläser beschlagen

müde füße wackeln über heiße kohlen
wünsche fallen aus den lassenden zähnen
er schickt ein gähnen hin zum ende der gasse
gießt verstohlen einen dicken schlußstrich in die glut

Mein Dank

Alles in Leben hat einen Anfang. Meist erkennen wir ihn erst im Rückblick. Nach vorne leben und rückblickend verstehen. Dann leuchten Punkte und Stationen von besonderer Bedeutung auf. Glückliche Momente, Fügungen, die Voraussetzungen schufen, damit etwas entstehen konnte.

Dieser Gedichtband wäre nicht zustande gekommen, ohne die Unterstützung meiner Frau Felicitas. In ihr schlägt mein zweites Herz. Sie hat nicht nur Korrektur gelesen und mich beraten, sie hat mit mir zusammen auch den privaten Rahmen geschaffen, aus dem heraus dieses Buch entstehen konnte. Ihr gilt mein besonderer Dank.

Torsten Martin
Friedrichsdorf, im Mai 2014